Günter Baum

Persona non grata

Ein Frauenschicksal

Buchgestaltung: Julia Baum
Herstellung und Verlag:
BoD - Books on Demand, Norderstedt
Alle Rechte beim Autor
ISBN 978-3-7357-1050-5

1

Zurückblicken - das ist wie das Wetter von vorgestern nachfühlen.

Man muß Wolken beseitigen und mühsam errungene Bausteine einreißen.

Längst verklungene Pulsschläge nachempfinden.

Ich erinnere mich als Mädchen die ersten drei vier Jahre neugierig meine Welt – also meine Umwelt – bestaunt und beobachtet zu haben.

Was ich mit den Augen nicht begriff, das mußte ich befühlen. Eigentlich wie jedes Kind. Bis dahin war ich also keine Ausnahme. Als ich eine wurde, war diese Zeit längst vergessen.

Es gab ja keine Vorahnung, daß sich einmal alles gegen mich wenden würde.

Alles – das waren Menschen und das waren Umstände.

Ein Netz legte sich über mich und keiner war bereit mich darunter hervorzuholen. Keiner! Das muß ich leider unterstreichen.

2

Die Tränen waren meine treusten Begleiter.

Wundern Sie sich nicht, wenn ich namenlos bleibe.

Sollten Sie unbedingt einen Namen für mich brauchen, dann nennen Sie mich einfach „Luder".

So wurde ich oft genannt, als mich noch das Netz begrub, als man mich wehrlos machte.

3

Ein warmer Sommertag.

Eine gewaltige Photosynthese und ich sitze mitten drin.

Ich sitze auf einer Wiese – kein Rasen. Ich sitze, die Beine angezogen, in einer hochgewachsenen Wiese und schaue zu den Büschen und Bäumen am Rande. Könnte Assimilation hörbar gemacht werden, dann wäre es sehr laut um mich herum.

Ich betrachte mich selbst. Diese schlanken Arme und Beine. Gehören die mir? Wohne ich wirklich da drin?

Mir ist alles so fremd und ich fühle mich als Außenseiterin.

Ich bin nirgends mittendrin. Ich bin immer nur am Rande. Ausgespien von Besserwissern, die mich nie haben zu Wort kommen lassen.

Behalten habe ich meine Neugier und die hatte mich dann auch zu den Naturwissenschaften geführt, die ich weiterhin gut beherrsche.

Ich wußte also immer wovon ich sprach – wurde aber selten verstanden.

Kann man durch Wissen Anstoß erregen?

Das Nicht-hin-hören kommt für mich einem Redeverbot gleich.

„Was will die schon?" oder „Ach, die schon wieder!"

D i e wurde mit abwertender Betonung gesprochen.

Wiesenhalme streicheln meine Arme, die ich um meine Beine gelegt habe, als würde ich sie liebkosen.

Ich höre in mich hinein und höre meinen Pulsschlag.

Wie lange ist es schon her, als man mich gewissermaßen „abkoppelte"?

Ein einschneidendes Erlebnis war für mich damals die Hochzeit.

5

Als Kind heiratet man ja öfter. Man weiß dann nur, daß dabei ein Ring wichtig ist und den beschaffte man sich als Beilage mancher Süßigkeiten. Das war billig. Aber meine spätere Heirat als junge Frau war ja nicht mehr imaginär, dafür war sie aber auch billig.

Mein Partner verwehrte jegliches Pathos und jegliche Ausschmückung.

Schlicht sollte es sein und das war es dann auch.

Wenn man mir später Hochzeitsbilder bekannter Leute zeigte, so mit Kranz und Schleier, da fragte ich mich oft: „Bist du überhaupt verheiratet?"

Wenn ja, dann war es eine Hochzeit im Vorbeilaufen, im Vorübergehen.

Nach eigenen Wünschen wurde ich nicht gefragt, um aber welche durchzusetzen, fehlten mir die Mittel.

Schwacher Protest nach außen aber starker Protest in mir.

6

Ein Beben, das mich nie mehr verlassen wollte.

Ein Beben der stärksten Klasse.

Ich bemerkte, wie ich Streichelbewegungen über meinen Unterschenkel vollführte, so als sollten diese beruhigt werden und nicht meine Gedanken.

Und so verharrte ich in der von mir bevorzugten Demutshaltung.

Aber den Fluß der Gedanken kann ich nicht aufhalten. Denn alles, was bisher geschehen war, hat Kerben in meine Seele geschnitten – hat sie verwundbar gemacht.

Eigentlich funktioniere ich nur noch. Ich funktioniere für die Notwendigkeiten, die das Leben weiter in Gang halten.

Aber in meinem eigentlichen Anliegen fühle ich mich unverstanden und damit entferne ich mich von all denen, die mir nicht zuhören wollen.

Dabei bin ich ein haarscharfer Beobachter. Aber das Resultat meiner Beobachtungen läßt kein Vertrauen mehr zu.

Ob Politik oder Rechtsprechung, ob Wirtschaft oder Medizin, ich traue keinem.

Trotzig erhebe ich mich aus meiner Hockstellung und gehe ins Haus.

Ich werde jetzt „Aufreger" in der Zeitung suchen.

Die finde ich immer sehr schnell.

Immer.

Wenn ich Zeitung lese, laufen meine Gedanken nebenher.

Ich kann das. Ich kann beides.

Die Gedanken nebenher haben immer das gleiche Grundthema. Vertrauen. Vertrauen das ich nicht mehr besitze, weil ich weiß, daß die Lüge und die Unwahrheit sich in der ganzen Gesellschaft als nicht auszurottendes Unkraut festgesetzt haben.

Politiker, ja sogar Ärzte, brauchen es zur Selbsterhaltung. Bei ihnen gibt es den Begriff der notwendigen Lüge – also die, die man dann als Wahrheit verkauft und zwar so konsequent, daß man sie auch für die Wahrheit hält.

Deshalb haben die einzelnen Artikel in der Zeitung auch eine, nur für mich, eigene Aussage, weil ich sie eigentlich nicht lese. Ich röntge sie.

Die meisten Worte sind nur Verpackung. Es ist also auch ein Auspacken und Sortieren.

Was bleibt ist immer erschreckend für mich.

Seit man mich abgewunken hat, findet kein Gedankenaustausch mehr statt.

Alles bleibt in meiner Hülle, die oft zu platzen droht.

Möglich, daß meine Augen den inneren Druck verraten, denn mein suchender Blick verführt schon zum Abwinken.

9

Deshalb werden meine Versuche auch immer schwächer und seltener.

Mitten unter Menschen allein.

Ich streiche die Zeitung glatt, um besser lesen zu können.

Wenn ich einen Satz mehrmals lesen muß um ihn zu verstehen, dann ist er nicht gut formuliert.

Ist es vielleicht Absicht? Mit Absicht etwas unverständlich machen. Auch damit ließe sich ein Ziel verfolgen.

Wo kein Vertrauen mehr ist, da wächst das Misstrauen und dafür bin ich ein guter Nährboden geworden.

Ich bin gemacht. Man hat mich gemacht.

Gemacht von Menschen, die mir eigentlich nahestehen sollten.

Ich meine, wenn man über fünfzig ist, darf man doch anzweifeln, daß sich noch etwas ändert.

10

Ich bin zum Gegenstand geworden, dem man Gefühle nicht zutraut und dessen Meinung nur gehört wird, wenn sie mit der des Umfeldes übereinstimmt, andernfalls wird abgewunken.

Gefangen in mir selbst und eine Meisterin des tränenlosen Weinens – das bin ich.

Auch wenn ich nicht in der Wiese sitze, bestürmen mich viele Gedanken gleichzeitig und ich besitze die Fähigkeit sie auch gleichzeitig zu denken.

Vergleichbar mit dem Querlesen eines Buches bei dem die ungelesenen Zeilen mit übernommen werden.

11

Ich laufe ständig heiß und vermute, daß ich selbst im Schlaf noch gedacht werde, denn es hat sich ein riesiges Gedankenarchiv voller unbewältigter Geschehnisse angesammelt. Dazu zählt auch eine Spätgeburt, bei der sich meine Tochter weigerte meinen Körper zu verlassen.

Unterhalb meiner Rippen kniete damals eine Person, um mich auszuquetschen, um wie bei einer Tube an den Inhalt zu kommen.

Ein doppelter Schmerz, den ich gedanklich selbst heute noch spüre.

Die Blicke, die mich damals nach dieser schweren Geburt getroffen haben, die sagten mir „nicht einmal das geht bei der normal".

Es waren nur Blicke, aber sie sind heute noch in meinem Gedankenarchiv.

12

Mein Mann ist ein herzensguter Mensch, aber was mich bewegt und in mir vorgeht, das hat er nie erfragt, weil es für ihn nicht den Stempel der Notwendigkeit hat.
Er glaubt, Gedanken die ruhen, machen keinen Schaden.
Nun gibt es aber genügend Vorkommnisse, bei denen ich ängstlich werde, wenn meine Gedanken sie nur streifen.
Ich möchte sie eigentlich nie mehr an mich heranlassen. Doch den Schalter, sie für immer auszuschalten, den gibt es nicht. Ich muß sie weiter dulden. Es ist so.
Dieses störende Gepäck, das mich niederdrückt, das mich an der Welt zweifeln läßt, kann ich in keine Schlucht und kein Meer werfen, es gehört wie eine riesige Beule zu meinem Körper, der auch Spuren einer Verzweiflung zeigt.

13

Gäbe es Seelenwanderung und gäbe es einen Jemand, der mir zeigen könnte, daß es nur auf die Tragweise ankommt um das Gepäck leichter zu machen, dann würde ich noch einmal auf den Zug des Lebens aufspringen, aber bestimmte Situationen meiden.

Hoffnung dafür habe ich keine. Es ist so.

Ich kann Blei nicht federleicht machen und ich kann mir selbst kein Gedankenverbot erteilen.

Deshalb haben die Tage ein Gleichmaß, vergleichbar mit einem Buch, in dem man immer wieder die gleiche Seite liest oder mit einem Klavier, an dem immer nur die gleiche Taste geschlagen wird.

Es kommt mir vor, als würde ich eine andere Sprache sprechen und ich müßte mir einen Übersetzer suchen. Es ist so.

Alles um mich wandelt sich, nur bei mir ist Stillstand. Ein Stillstand, der keine Zeit kennt, der auch nur von mir wahrgenommen wird.

Ich möchte eine Pflanze sein, dann könnte ich vergehen und wieder neu aufblühen.

Veränderung. Wie schön wäre eine Veränderung. Läßt sich aber nicht herbeiführen. Es ist so.

Alle Tage könnten den gleichen Namen haben und jedes Jahr die gleiche Zahl. Wie weit ist das Ende vom Anfang entfernt? Ich schwebe dazwischen ohne ein Gefühl für Entfernung.

Mann und Tochter leben in der Nachbarwelt und in der bin ich nur Besucher hinter einer Schranke. Es ist so.

15

Eingesperrte Gedanken, die niemand hören will, sind trotz Gedankenfreiheit umsonst gedachte Gedanken. Ich weiß es.

Aber ich kann mir kein Gedankenverbot auferlegen.

Kein Gehirn erlaubt einen Status quo.

Ich protestiere mit Schweigen und ich werde angeschwiegen.

Eloquenz nur gegenüber Gästen und Besuchern.

Dann bleibe ich auch bedeckt, was meine Familie als angenehm empfindet.

Es ist also ein Signal, das nicht falsch gedeutet werden will. Denn es geht ja hier um ein Aneinandervorbeireden.

Viel sagen mit wenig Inhalt.

Das ist jedes Mal wie eine Schauspiel Abschlussprüfung, bei der sich jeder für kurze Zeit in einem anderen Leben befindet.

Mit dem Klingelgeräusch vor dem Haus erfolgt die Umstellung und sie endet mit einer Zur-Tür-Begleitung.

Die Stille danach ist schmerzhaft.

Ich versuche ihr auszuweichen, indem ich zu Tätigkeiten übergehe, die ich allein verrichten kann, bei denen ich mich nicht verraten muß, daß soeben gespielt wurde. Alltag der Sprachlosigkeit.

Stimmt nicht ganz, denn Unumgängliches wird ja geredet.

Ich überlege. Wie oft ist etwas unumgänglich?

Nicht vorhersehbar. Also gibt es auch keine Antwort darauf.

Dabei habe ich so viele Fragen, auf die ich wohl nie eine Antwort bekommen werde.

17

Ich habe mir angewöhnt mit Pflanzen zu sprechen. Bekomme da zwar auch keine Antwort, aber sie widersprechen auch nicht. Jedoch für gute Pflege bedanken sie sich mit Schönheit und gesundem Wachstum.

Hier kann ich also eingreifen, leiten, verändern und schließlich auch ein Glücksgefühl bekommen.

Sie nehmen mich als Flüchtling auf und als jemand, der nur hier Anerkennung findet.

Gestern war der gleiche Tag wie heute und morgen wird der gleiche Tag wie heute sein.

Warum will ich eigentlich wissen, welchen Tag wir heute haben?

Alles, was ich berühre und alles womit ich mich befasse, stellt irgendwie eine Verbindung zu meinem früheren Leben dar.

Aus Quälereien und Anfeindungen sind Ablehnung und Geringschätzung übrig geblieben. Und da es stetig auf mich herab prasselt, bin ich derart verunsichert, daß ich schon lange nicht mehr in den Spiegel sehen kann und gleichzeitig dabei meinen Namen nennen.

Fünfzig Jahre habe ich überschritten und ich trage ein unsichtbares Brandmal, das mich als schuldig erscheinen läßt – schuldig für alles, was andere nicht tragen wollen.

Wie habe ich es überstanden, als mir die schwere Kette einer Schaukel mit zehn Jahren meine Schneidezähne zertrümmerte, zumindest halbierte?

Meine brutal strenge Mutter lehrte mich damals, daß es katholische und evangelische Zahnärzte gab.

Zu einem katholischen durfte ich nicht, aber bei dem evangelischen Zahnarzt roch es nicht nach Desinfektion sondern nach Alkohol und er war unfähig mir zu helfen.

Mir wurde zugetragen, daß er der Saufkumpan meines Vaters sei.

Ein aufgezwungenes Leiden schon im Kindesalter.

Ein Mund öffnendes Lachen traute ich mir nicht mehr. Es gab ja auch nichts zu lachen.

Trotz andauernder Schmerzen ein Gute-Noten-Zwang in der Schule. Ich überlebte und schaffte die guten Noten.

Aber immer wenn ich glaubte einen neuen Lebensabschnitt geschafft zu haben, warteten neue Quälereien auf mich.

Es ist nicht immer gut zu wissen was kommt.
Doch keine Kartenlegerin hätte sich diese Etappen ausdenken können, durch die ich zu gehen hatte.

Für die Eigenschaft des Duldens mußte ich stets meine ganze Kraft aufbieten und bin deshalb wahrscheinlich anfällig geworden.

Ich bin ein lebender Magnet für alle Heimat suchenden Gemeinheiten.

Jedenfalls fühle ich mich so.

21

Jahrelanger Zahnschmerz als Kind.

Irgendwann begann eine Gewöhnung. Und es kamen ja dann andere Schmerzen hinzu – seelische.

Kommt ein neuer Schmerz, wird der alte nicht mehr so wahrgenommen.

Und kommen viele neue Schmerzen, lindern sie sich gegenseitig.

Es erscheint wie eine Symbiose, so als würden sich die Schmerzen gegenseitig brauchen.

Hätte jeder Schmerz nur ein Pfund gewogen, wäre ich zusammengebrochen.

Gute Noten in der Schule und beim Studium waren das einzige Schmerzmittel und obendrein die Bestätigung, daß ich besser war und bin als all die, die mich gequält haben und es noch tun.

Ich stehe über ihnen - ganz hoch. Ist vielleicht ein Grund für die ablehnende Haltung mir gegenüber.

Mein Wissensstand berechtigt mich zu zweifeln, an nichts mehr zu glauben und das Vertrauen als Luxus zu sehen.

Mein Körper findet immer einen Platz, aber meine Gedanken sind heimatlos, denn ich jage sie unausgesprochen fort, da sie ja doch niemand hören will.

Ich bin einsam unter Menschen. Und eine fortlaufende Abseitsstellung hat meinen Rücken gekrümmt.

Dabei will ich doch nur verstanden werden.

Doch ich bleibe eine Säule, an der sich niemand stoßen möchte, denn nur Abstand bringt Sicherheit.

Warum funktioniere ich eigentlich noch, wenn doch alles ins Leere läuft?

Es sind stumme Schreie, die ich ausstoße. Wären es laute Schreie, würde man an meinem Verstand zweifeln.

23

Egal ob ich mich nach links oder rechts drehe, egal ob ich laufe oder stehen bleibe, für meine Familie bin ich nur auf der Umlaufbahn – werde wahrgenommen – nur wahrgenommen.

Vielleicht besteht auch Angst, ich könnte auf sie herabfallen.

Man ist vorsichtig – äußerst vorsichtig.

Es soll ja alles in der Spur bleiben.

Durchsuchungsbeschluß!

Vom Klang her harmlos. In seiner Auswirkung fatal und andauernd.

Man hat mich abgestempelt und jede meiner Bewegungen als Widerstand gewertet.

Ein Übel wollender Denunziant brachte einen Stein ins rollen, der mich unter ihn begraben sollte.

Dafür prägten sich mir Gesichter ein – Gesichter, die mich verfolgten, die immer wußten, was ich vorhatte und was ich tat.

Der Beschluß hatte trotz Großaufgebot und widerrechtlichem Verhör eines Kindes nichts gebracht.

Aber ich wurde fortan geführt – in einer Liste geführt, die man aufklappt, wenn ein neues Verbrechen geschehen ist. Könnte ja sein.

Irgendwann erhoffte man sich eine Handhabe gegen mich zu haben.

25

Ich mußte es durchstehen ohne Hilfe und ohne familiären Beistand. Allein.

Nun eine Verdächtige unter Beobachtung.

Doch ich kenne die Gesichter, weil sie immer wiederkehren und nur selten ein Austausch erfolgt.

Ich empfinde es als Hohn, wenn ich in der Zeitung lese, daß die Polizei unterbesetzt sei.

Aber in all der Gegen-mich-Welt keimt in mir eine Sehnsucht, die Sehnsucht nach einem Menschen, der sich ganz auf meine Seite stellt und der mich und meine Gedanken verteidigt.

Verständnis statt Abwinken.

Aber ich warte da wohl auf einen Zug, der nicht mehr im Fahrplan steht.

Ich konnte mich an körperliche Schmerzen gewöhnen damals – auch als Kind schon.

Nur abgewinkt zu werden ist von einer Gewöhnung weit entfernt und es wird mir ein Leben lang Schmerzen bereiten nicht verstanden worden zu sein.

Verständnis, Liebe, Eintracht. Ich beobachte es bei anderen und bin natürlich voller Neid, es nicht zu erfahren.

Die Leiche liegt im Keller und sie wird zugeschüttet, bevor ich eine neue Leiche produziere.

Ich habe nie gewollt, daß man meine Träume ernst nimmt. Deshalb habe ich sie auch nie erzählt. Es sollen Träume bleiben, denn ein wenig fürchte ich mich vor ihnen. Sie sind fast schon gefährlich schön.

Mein Mann, dieser gutmütige Mensch, hätte es verhindern können.

Aber er tat es nicht.

Auch mein bettelnd flehender Blick blieb ohne Wirkung.

Er überließ die Entscheidung den Leuten der Psychiatrie. Sie würden schon wissen, was sie zu tun haben.

Aber gerade sie wollten das Ja oder Nein von meinem Mann hören. Es kam nicht. Er schien willenlos und das wurde als Ja verstanden.

Für mich war es ein freier Fall ohne Hilfsmittel, ohne Fallschirm. Ich wurde einfach fallengelassen.

Wut? Nein. Es war plötzlich eine Leere um mich herum und ich fühlte mich als Fremdkörper, als Fremdkörper in einer mir fremd gewordenen Welt.

Ruhigstellung durch Medikamente. Apathie.

Sollte ich steinalt werden, das ist tief eingebrannt und bleibt unvergessen.

Gab es eine Diagnose? Gesehen habe ich keine.

Aber eine Einsicht machte sich nach Monaten bemerkbar – eine Einsicht der Therapeuten da nicht hin zu gehören.

Eine Befreiung kündigte sich an. Und ausgerechnet meine Entführer dachten an meine Befreiung.

Sie hatten bei mir logische und intelligente Handlungsweisen beobachtet.

Sie legten also gegen ihr eigenes Urteil Widerspruch ein.

Als ich endlich frei war, (war ich eigentlich jemals frei?) ließ man mich es spüren in einer Klapsmühle gewesen zu sein.

Zweifel an allem, was ich sagte und eben Abwinken.

Unschuldig eingesperrt worden zu sein, da bleibt selbst nach einem Freispruch noch ein Makel.

Da wusste ich noch nicht, daß es noch schlimmer kommen sollte.

Ich versuchte mich an mir selbst fest zu halten.

Natürlich fruchtlos, denn dazu fehlte mir der feste Stand.

Ich bleibe angeschlagen. War es eigentlich schon immer.

Ein Taumeln durch Tage und Zeit – wohl wissend, daß ich meinen Widersachern geistig überlegen bin.

Nur das gibt mir eine Achtung vor mir selbst.

Aber das mit in den Spiegel schauen und dabei meinen Namen sprechen, das klappt immer noch nicht.

Man kann in einem goldenen Käfig nicht glücklich werden.

Aber ich sitze mitten drin und man fragt mich nicht, ob ich glücklich sei.

Ich lebe doch. Ist das nicht Glück genug?

Dankbarkeit? Doch, ja. Aber man geht selbst meiner Dankbarkeit aus dem Weg.

Man läßt mich nicht in den inneren Lebensbereich meiner Familie.

Und so habe auch ich mir angewöhnt, einen Schutzwall um mich zu errichten.

Wir leben im gleichen Raum ohne in das Sperrgebiet des anderen einzudringen.

Jeder denkt und fühlt am anderen vorbei.

Vielleicht sind es nur Millimeter, aber die Zeit driftet alles weiter und weiter auseinander.

Wie muß ein passender – dafür passender – Enterhaken aussehen?

Gedanken mache i c h mir eigentlich nur. Also scheint es für Mann und Tochter normal zu sein. Eine Normalität mit Hörnern, die mich aufspießen wollen.

Gedankenjagd im goldenen Käfig.

Abstellgleis der Einsamkeit.

Ich will keine weiße Fahne hissen.

Wenn drei Köche etwas Gegenteiliges kochen, kann man es nicht zusammenschütten.

Dabei könnte es aber ein prächtiges Menü werden, würden alle an einem Strang ziehen.

Ich bin einer der drei Köche.

Die anderen beiden kosten voneinander, bei mir wird abgewunken.

Die Genießbarkeit ist somit in Frage gestellt.

Gekocht aber wird weiter.

Und es wird streng darauf geachtet, daß die Rezepte sich unterscheiden.

Die Speisen werden einzeln verbraucht, doch nie mit Appetit gegessen.

Eben nur verbraucht.

Ich soll, so nehme ich an, mit diesem Verhalten immer daran erinnert werden, daß ich zweimal in der Psychiatrie gewesen bin. Zwar immer fehl belegt, aber es genügt für ein ständiges Aufstoßen als Makel.

33

Erschreckend die Erkenntnis, daß die Situation morgen und übermorgen, nächste und übernächste Woche, nächsten und übernächsten Monat sowie nächstes und übernächstes Jahr die gleiche bleibt. Bleiben muß.

Eine schwebende Gleichgültigkeit.

Ein Wegstoßen der Gefühle.

Viele Stunden Stille. Der Tag neigt sich.

Dann das Geräusch einer öffnenden und wieder schließenden Tür. Schritte, die sich mir nicht nähern sondern im Büro verstummen.

Mein Mann ist heimgekehrt.

Statt einer Begrüßung später die Feststellung, daß er sich in der Küche Eier brät. Er sucht nicht nach mir. Ich könnte ja weg sein. Aber ich bin es nie und das weiß er.

Viel später aber kann er eine Bewegung nicht verhindern.

Meistens sagt er dann etwas Belangloses zu mir und wir sitzen mit Abstand zueinander vor dem Fernseher. Nachrichten.

Aber sobald diese beendet sind, hat er die Augen geschlossen und schnarcht.

Mein Mann. Könnte auch ein Logiergast sein.

Jedenfalls habe ich mir das oft vorgestellt.

Mit angezogenem linkem Bein bleibe ich noch eine Weile sitzen und überlege, ob ich ihn wecken soll.

Nicht sehr ratsam. Denn dann schaut er verstört um sich, als wäre er bei etwas Verbotenem ertappt worden.

Ein einziges Mal tat ich es. Deshalb weiß ich auch von der Verdrießlichkeit, die darauf folgt.

Ein Rascheln in der Küche. Kann nur meine Tochter sein.

Eigentlich begrüßt sie immer ihren Vater, wenn er heimkommt. Sie muß in Gedanken sein.

Ich bin es auch und warte auf den nächsten Tag.

Der Geruch von Vergangenheit umgibt mich.

Eine Ausnahme bilden die frisch geschnittenen Blumen in der Vase – eben jüngste Vergangenheit.

Aber alles Inventar um mich herum ist älter als ich es bin und mich erdrückt ihre Geschichte.

Jedoch, es sind meine Schlechtwetter Gefährten und die sind immer bei mir, wenn ich nicht vor das Haus kann. Stumme Zeugen meiner Gedankenlast, die ich oft mit schnellen Schritten durch die Räume trage.

Irgendwie eingesperrt – nicht nur die Gedanken.

Bei geöffneten Türen eingesperrt.

Hölderlins Turmwanderungen kommen mir ins Gedächtnis.

Wie formuliert er? „O ein Gott ist der Mensch, wenn er träumt – aber ein Bettler, wenn er nachdenkt."

Und soweit mir bekannt ist, hatte man auch ihn abgewunken.

Wie viel Hölderlin ist in mir?

Mein Turm hat zwar eine andere Form, aber es ist trotzdem ein Turm, den die Umwelt scharf beobachtet.

Will man meine Schritte zählen?

Nicht besonders gut versteckt ist eine Kamera hinter einer Gardine, genau auf meinen Lebensbereich eingestellt.

Und ich werde nie erfahren, wann es Klick macht, denn es sind ja nur meine Augen, die das alles beobachten.

Die anderen Augen wollen es nicht sehen.

Und so laufe ich weiter inmitten angehäufter Vergangenheit unruhig hin und her.

Aufgelockert nur durch einen Strauß Blumen.

„Die Geschlossene!"

Ein Gefängnis der verwundeten Seelen und der lebenden Toten.

Ruhig stellen und exerzieren waren die Eckpunkte einer fragwürdigen Therapie, die einen Teil der Persönlichkeit brechen sollte; vergleichbar mit der Gehirnwäsche durch die Stasi in der ehemaligen DDR.

Ich sollte ein anderer Mensch werden – ein durch die Psychiatrie geformter Mensch.

Ich formte mir eine ureigene Zeichensprache, deren stärkster Ausdruck eine Abwehrhaltung mit der linken Handfläche vor dem Leib war.

Wer dieses Zeichen bei mir sah, der war ein für allemal abgeschrieben.

Die Duldung ging nur bis zu dieser Handfläche.

Die Geschlossene!

Für mich war es wie unschuldig im Gefängnis.

Knallhart die Vorgabe der Zeiten, die eingehalten werden mußten.

Exerzitien.

Wer hier raus kommt, der ist ein Roboter.

Wie läßt Shakespeare seinen Othello sagen? „Gibt es keinen Keil im Himmel als zum Donner?"

Es gab keinen Keil, es gab keine Hilfe.

Langsam wurde alles mechanistisch.

Den Stoffwechsel aufrecht erhalten und im Sinne dieses Hauses funktionieren.

Wie viel echter Mensch bleibt da noch übrig?

Ich gehöre nicht hier her! Ich gehöre nicht hier her!

Diese Gedanken jagten den Puls in die Höhe und ließen andere Gedanken nicht zu.

Ein Vertrauen in die Mitmenschen gab es nicht mehr.

Zur Apathie war es noch nicht gekommen, denn ich verspürte das Verlangen mich aufzubäumen; schaffte jedoch nur eine Versteifung meines Rückens.

Die Therapeutin schlug mit der flachen Hand im Takt ihrer Worte auf den Tisch.

Ich soll doch gefälligst die Medizin pünktlich einnehmen.

Pünktlich sprach sie gedehnt aus und es bekam noch extra Schläge auf den Tisch.

Mein Blick mußte ein ungläubiger gewesen sein, denn sie schlug noch einmal die gleichen Worte auf den Tisch.

Damit stieß sie mich in meine Kindheit zurück.

Ungezogen war ich. Und nach einer Standpauke gab es damals meist noch etwas hinter die Löffel.

Ich hätte mich also nicht gewundert, würde die Therapeutin ausgeholt haben.

41

Eine verlängerte Kindheit also. In der wurde ich nämlich auch ständig beobachtet und kontrolliert.

Ein Versuchsmensch. Alle versuchten sich an mir und schufen dadurch einen Nährboden für mein Mißtrauen.

Ich lebe nicht. Ich werde gelebt.

Und die Vergangenheit, Gegenwart und Zukunft zeigen mir keine Veränderung.

Der Himmel über mir.

Nachts die vielen Lichtpunkte, die mir die Gewißheit geben, daß meine Probleme im Universum nichts bedeuten. Nichts.

Ja, ich bin Nichts, dazu habe ich mich durchgerungen.

Und der Blick vom Wintergarten durch das Glasdach bestätigt meine Gedanken.

Ich habe mich einfach niedergelegt, denn schlafen kann ich überall und heute tue ich es hier.

Also der Blick einer Schlaflosen in Gegenden, die mächtiger sind.

Deshalb erschreckt mich meine Bedeutungslosigkeit.

Angeblich soll ein Himmelsblick beruhigen. Mir macht er Angst und vermittelt mir noch deutlicher mein Alleinsein.

Seelen, die mir Gutes wollen, sind Sterne weit entfernt – wenn überhaupt.

43

Alles atmet, nur ich scheine ständig die Luft anzuhalten.

Als Kind war das eine Mutprobe unter dem Motto „Wer kann es am längsten".

Die Folge war ein Schwindel – ist es auch heute noch.

Der stete Tropfen.

Die Stetigkeit einer Abnutzung und die Stetigkeit eines lieblosen Handelns.

Geradeso leben und geradeso überleben.

Irgendwann sucht man nicht mehr und irgendwann hofft man nicht mehr. Eigentlich schon lange nicht mehr.

Monotonie.

Nur die Zeit hämmert weiter und zeichnet Spuren der Äußerlichkeit; dringt unbarmherzig einem Ende entgegen ohne dem Hauptteil gewürdigt zu haben.

Sinnsuche im Luft leeren Raum. Treibenlassen eines nutzlosen Gegenstands.

Scheinbar meine Bestimmung.

Ich bewege mich in vorgegebenen Wegen und die sind immer die gleichen.

Meine Gedanken arbeiten aber trotzdem weiter.

Könnte ich sie abschalten, gäbe es vielleicht viele Probleme nicht.

Unwissenheit kann glücklich machen.

Soll ich mein Wissen verfluchen?

Wissen ist ein Fluch. Zu viele Beispiele belegen es.

Ich bin demnach ein Gefangener in meinem eigenen Intellekt.

Eine Flucht unmöglich.

Zu meiner steten Unruhe habe ich eine gedankliche Zuflucht gesucht und imaginär auch gefunden.

Ein Mensch, der mir zuhört, mich versteht und mir auch beisteht.

Er ist ein so Feder leichter dieser Gedanke, daß ich schon sehr verwundert bin, ihn überhaupt denken zu können.

Meine Sorge ist, daß er bemerkt wird; weil immer alles bei mir bemerkt wurde.

Und dann könnte es ja sein, daß diese Gedankenwelt gegen mich verwendet wird.

Denn schließlich habe ich nur eine männliche Bezugsperson zu akzeptieren, die meines Mannes, der mir, so wie ich es wollte, nie beistand.

So wird meine imaginäre Bezugsperson zu einer Lebens wichtigen, denn nur ihr kann ich alles beichten und anvertrauen, weil sie ja imaginär ist.

Aber nun bin ich nicht mehr sicher, ob alles nur einer Einbildung unterliegt.

Wenn nicht, dann bin ich sicher, ihn gefunden zu haben, den Menschen der mir zuhört.

Ich möchte diesen Zustand nah haben – sehr nah.

Denn, wenn ich es von mir wegschiebe, dann habe ich nichts mehr. Dann bin ich ausweglos allein.

Um zu widersprechen, müßte ich älter sein.

Denn mein imaginärer Partner ist älter; aber auch verständnisvoller.

Warum habe ich eigentlich Angst davor ihn anzuerkennen?

Er ist doch längst in mir.

„Als Patient der Psychosomatik"

Weil das auf dem Buch stand, habe ich es erstanden.

Der Titel behauptet „daß die Sonne hinter den Wolken sei".

Soll beruhigend wirken. Soll heißen „die Sonne ist ja da – sie versteckt sich nur".

Es ist jedoch ein Betroffener, der hier berichtet, das macht mich neugierig.

Beim Lesen stellte ich Vergleiche an; verglich es mit meinen Erfahrungen und stellte fest, daß allen anderen Patienten immer geglaubt wurde. Mir nicht.

Das begann schon bei der Anamnese. Da wurden meine Angaben mit „angeblich sei es so" versehen.

Mit Zweifel aber läßt sich nicht therapieren.

Den Patienten in diesem Buch wurde bedingungslos geglaubt.

Neid kam hoch beim Weiterlesen.

Die therapeutische Hingabe wurde in diesem Buch mit dem Satz belohnt: „Man empfindet plötzlich wieder die eigene Wichtigkeit".

Merkwürdig. In meiner Therapie hieß das Nichtigkeit.

Ich wurde herabgesetzt und mißtrauisch beobachtet.

War ich in der falschen Klinik gewesen?

Die Therapeuten haben doch alle dasselbe gelernt.

Schlussfolgerung: Das Gelernte wird nur immer wieder verschieden und immer wieder anders angewendet.

Deshalb gibt es ja auch verschiedene Bäcker und verschiedene Brötchen.

Nur, wie sollen Seelen unterscheiden – und es sind doch Seelen – zwischen den unterschiedlichen Persönlichkeiten einer Therapie?

Bis heute weiß ich nur, daß mein eigener Wert immer angezweifelt wurde. Man hat ein Treibhaus aus mir gemacht – ein Treibhaus für heranwachsende Schwermut.

Da bleibt die Sonne hinter den Wolken.

Zumindest gibt dieses Buch einen tiefen Einblick in die Therapie der Psychosomatik, sowie auch in den Therapieplan, der allerdings Personen bezogen ausgearbeitet wird.

Der Therapieerfolg des Schreibers und Protagonisten beruht jedoch zu einem großen Teil auf einer unerschütterlichen Tatsache.

Der Tatsache nämlich, daß es in diesem Fall die Liebe war, die störende Berge versetzt hatte.

Liebe ist ja schon eine Therapie.

Das macht mich neidisch und traurig. Denn wo soll bei einer Persona non grata die Liebe herkommen?

Eine nüchterne Feststellung ist die Antwort. Ich habe keine Hilfe. Daran glauben, es könnte anders werden, ist Illusion.

Warum hat man mich nicht in d i e s e Klinik überwiesen?

In diese Klinik, in der die Sonne nur hinter den Wolken verweilt und Liebe als Therapie zuläßt.

Ich bin eigentlich nur abgelegt worden und sollte mich mehr oder weniger selbst therapieren.

Da stand eine Vergeblichkeit im Wege. Eine Vergeblichkeit, die sich nicht mehr auf Fachkräfte verläßt sondern auf eigene Intuition.

Und somit bin ich immer wieder im eigenen Schoß gelandet.

52

Ich bin ich und die anderen sind die anderen.

Wird auch so bleiben.

Muß so bleiben.

„Freiwillige Zwangseinweisung!"

So steht es tatsächlich in alten Aufzeichnungen von mir geschrieben.

Es war die Zeit des Wartens – des Wartens auf einen freien Platz in der Klinik.

Es ging mir schlecht, aber ich hoffte auf eine Klärung in der Psychiatrie.

Mal fühlte ich ein Hoffen, mal war es ein Verzweifeln auf ganzer Linie.

Alle haben sich von mir abgewandt. Und da ist es doch eine Art der Selbstverteidigung, wenn ich mich auch von ihnen abwende.

Das Vertrauen ist verspielt und ich schrieb damals: „Mein Mann ist zu meinen Feinden übergelaufen."

Einsamer kann man nicht sein.

Etwas aufschreiben war für mich eine Unterhaltung mit mir selbst, und das ging über viele Seiten so.

Meinen Intellekt bestimme ich zwischen einfältig und genial.

Berücksichtige ich allerdings all die Erschwernisse, die mir in den Weg gelegt worden sind, bei trotzdem guten Noten und Leistungen, dann nehme ich schon das Prädikat Genie in Anspruch.

Ich ducke mich also vor Menschen, die weit unter mir stehen.

Die Kraft zu kämpfen und dagegen anzugehen ist mir genommen worden, gleichzeitig mit der Selbstachtung.

Wie heißt es in dem Buch „Die Sonne ist hinter den Wolken"?

„Es ist ja nicht nur der Konflikt mit der Umwelt – deine eigenen Gedanken sind es, die du nicht mehr verstehst. - - - Du resignierst, du läßt dich fallen, du gibst auf. Und nur ein Wunder kann diese Isoliertheit zerbrechen."

55

Für den Autor hieß das Wunder Liebe.

Aber woher soll sie kommen?

Ja, woher soll die Liebe kommen?

Woher meine Wut stammt ist konkreter zu beantworten, und sie ist abgrundtief diese Wut.

Da versteift sich mein Körper und da zittern meine Hände, wenn ich den Schluß meiner Aufzeichnungen lese – zu lesen versuche – denn den habe ich in der Psychiatrie geschrieben.

Da torkeln die Buchstaben als Nebenwirkung starker Medikamente, die man mir nicht genannt hat.

Auch nicht ein Für oder gegen was sie hatten sein sollen.

Aber sie haben Böses in mir angerichtet und ich hätte sie nicht bekommen dürfen, denn ich bin heute derart verändert, daß es mir schwerfällt, mich selbst wieder kennen zu lernen.

Und so ist aus einer gedachten Heilung eine Bestrafung geworden.

Einem unkontrollierten Handeln wehrlos ausgeliefert.

Ich hatte auf Hilfe gehofft, aber was ich jetzt brauche, das wäre eine Rückführung.

Ich möchte diese Person nicht sein, die meinen Namen trägt, die sich in meine Psyche geschlichen hat.

Ich erkenne mich ja nicht mal im Spiegel wieder.

Und doch – ein kleines Wunder ist inzwischen geschehen.

Ich habe zwei Ohren gefunden, die mir geduldig zuhören.

Noch kommt das, was ich zu sagen habe, stockend und ungläubig.

Ungläubig über ein Interesse an meiner Person und meinem Schicksal.

Ich beginne – und auch das ist ein kleines Wunder – wieder verhalten zu lächeln. -

Mein einziger Gedanke: Ich muß es festhalten.

Der Schmerz ist mir ein treuer Begleiter geblieben, und ich habe ihn angenommen; wie man eben einen Schmerz annehmen kann, von dem man doch nicht zu trennen ist.

Gehen wir doch einmal für kurze Zeit getrennte Wege, dann bringt die Schmerzerinnerung ihn mir wieder zurück.

Ich kann mich verlassen auf diese Erinnerung.

Wir sind in Treue verbunden.

Schon in der Kindheit mit zertrümmerten Zähnen ein jahrelanges Ankämpfen.

Später nach Verlagerung des Schmerzes ein Dulden, weil es nicht anders möglich war.

Meine Persönlichkeit geformt hat es mit Sicherheit, und es wäre müßig danach zu fragen, was für ein Mensch ich heute wäre ohne Schmerzerfahrung.

Zumindest hat er mich vor Übermut bewahrt. Vor dem Übermut, den ich staunend um mich herum beobachte.

Aber dieser Übermut ist etwas Geselliges, während mich der Schmerz in die Einsamkeit getrieben hat.

Ich bekam die stärksten Medikamente und nach einiger Zeit die Nebenwirkungen gleich mit dazu.

Es begann mit kreisrundem Haarausfall, der sich auch fortsetzte, nachdem das Medikament gewechselt wurde.

Es sind die eigenen Wege der Nerven, die den höllischen Schmerz ins Bein verlagerten und mir mein Bemühen, alle notwendigen Tätigkeiten trotzdem zu verrichten, erschwerten.

Vor meinen Augen erschienen Filmbilder, in denen Operierte ohne Betäubung auf ein Holz beißen.

Ich war nahe dabei es zu versuchen.

Geschrien oder gejammert habe ich nie.

Das war kein Stolz, sondern es hätte ja zusätzlich Kraft gekostet.

Meine Zunge streicht über den Rand des dünnen Papiers, mit den Fingern verhelfe ich dem Gerät zu einer rollenden Bewegung und entnehme dann meine selbst gedrehte Zigarette.

Ich weiß nicht, wie oft ich das täglich tue – jedenfalls zu oft.

Ich hasse diese Tätigkeit, ich hasse meine Sucht und ich hasse mich selbst, weil ich nicht dagegen ankomme.

Sollte ich deshalb zeitiger sterben, ist es mir recht, denn Erwartungen an das Leben habe ich keine mehr.

Es handelt sich also nur um ein Ausklingen lassen – ein bis zuletzt Funktionieren.

61

Ich schiebe das Gerät mit dem Tabak ein Stück von mir weg, so als könnte dadurch das nächste Mal hinausgezögert werden.

Dabei schaue ich auf meine Hände und streichele ihre Oberflächen.

Es sind Hände, die zugepackt haben. Es sind Hände, die auch Männerarbeit leisteten – schlank und sehnig.

Ich ziehe das linke Bein an, umarme es und sinniere.

Gedanken brauche ich nicht abrufen, sie kommen von selbst.

Und alle Gedanken die kommen haben nie etwas mit mir zu tun.

Da geht es um Natur und da geht es um Umweltschutz und um die Interesselosigkeit so vieler Mitbürger, die ich nicht verstehen kann.

Diese Gedanken aber bleiben bei mir, denn man winkt mich ab und will sie nicht hören.

Eingesperrte Gedanken.

Nicht nur die.

Mein Käfig ist zwar groß, aber es bleibt trotzdem ein Käfig.

Man wirft mir zwar keine Bananen hier rein, aber ich werde heimlich beobachtet.

Ich rolle mir schon wieder eine Zigarette.

Automatismus.

Wie so vieles.

Eigentlich der größte Teil.

Es sind fünf Pillen, verschiedene Farben und Größen.

Außer Antibiotika nichts an ihnen abzulesen.

Bekomme ich schon wieder etwas Falsches, Überflüssiges und vielleicht Schädliches?

Schon wieder Klinikaufenthalt und schon wieder in einer bekannten Leier.

Die Aufenthalte ähneln sich und der Ablauf ebenfalls.

Ich war nahe am Suizid ohne daran zu denken, daß es Menschen gibt, die mich lieben.

Wer das tut ist ein Egoist; obwohl diese Kategorie immer weiter kommt im Leben. Aber weiter als bis zum Ende geht ja nicht.

Das wäre bei einem geglückten Suizid aber doch der Fall.

Wasser in der Lunge durch Vergiftung. Also wäre ich erstickt.

In einem solchen Fall interessiert doch nur die Hinterlassenschaft.

Was hinterlasse ich? Etwas das mich gemieden hat, das nie auf meiner Seite stand. Eigentlich nichts von Wert. Also brauch ich auch nicht traurig sein.

Dann ist es die Leichtigkeit des Gehens – des Dahingehens ohne Moral.

Oder mit einer erfundenen Moral.

In dem Drei-Betten-Raum liegt eine Dame, die ständig vergeblich am Bettengitter rüttelt und doch nicht raus kann, da man sie angebunden hat.

Bei der zweiten Person vermeide ich den Ausdruck Dame. Es ist ein Frauenzimmer, das pupst, rülpst und schnarcht und lautstark masturbiert, wenn die Therapeuten nicht im Raum sind.

Eine andere Seite der Menschlichkeit. Unverstanden, ausgestoßen.

Und ich wieder mittendrin.

Das sind Seelen, die keinen Schatten werfen, die ganz für sich stehen und sich eine Benachteiligung nie eingestehen.

Ein neuer Versuch der Aufklärung.

„Für was sind die fünf Pillen?"

„Antibiotika."

„Und?"

„Blutverdünnung."

„Das kann nicht sein. Das wird bei mir gespritzt."

Das bedeutet ein abruptes Ende der Auskunft und ich weiß weiterhin nicht, was ich schlucke.

Die angeschnallte Frau schreit überlaut, daß sie heim möchte und das Frauenzimmer stöhnt.

Kein Platz für eigene Gedanken. Wie weit bin ich von mir selbst entfernt? Welten wie es scheint.

„Warum bist du eigentlich hier?"

Die Frage wurde von einer Patientin gestellt, doch ich konnte sie nicht beantworten.

Ein Traum wiederholte sich in dieser Zeit. Ein Traum, der meine Angst antrieb.

Ich fand mich in einer Gegend wieder, die verlassen war und die ich nicht kannte. Dunkle Wolken über einem ausgestorbenen Fabrikgelände. Schüsse, die offensichtlich mir galten, trieben mich weiter und ich erreichte eine alte Siedlung, die ebenfalls verlassen schien. Aber auch hier sah ich Gewehrmündungen auf mich gerichtet. Ich schaffte es nicht diese feindselige Gegend zu verlassen und zweifelte an unserem Rechtstaat, der hier gar nicht vertreten schien, obwohl ich am Horizont schon die Metro einer Großstadt sehen konnte.

Zwei Welten ganz nah beieinander.

Mein trautes Heim schien mir nun ebenfalls bedroht zu sein, denn man tat, als hätte ich eine ansteckende Krankheit und mied mich.

Dieser Traum kam immer wieder. Wollte so schnell nicht verschwinden.

Meine Deutung ist kurz: Ich werde immer in einer feindseligen Umwelt leben. Es ist so. Für mich längst eine Offenbarung.

„Ich will heim!", schreit meine angeschnallte Zimmergenossin immer wieder, bis der Therapeut kommt, sie an den Schultern fest ins Bett drückt und sie ermuntert noch lauter zu schreien.

Sie versucht es, doch sie schafft es nicht und verstummt.

Dafür bekommt das lustvolle Frauenzimmer einen bösen Blick, als hätte sie so geschrien.

Klinikalltag in dieser Kategorie ist anstrengend und reicht bis zur Erschöpfung für Therapeut und Patient.

Und geheilt ist am Schluß keiner.

Was bleibt ist Bitterkeit nichts geschafft zu haben.

Freiheit ist eine Einsamkeit aber Einsamkeit ist auch eine Freiheit, die niemand möchte.
Unverstanden leiste ich sie mir, da bei einem Verstehen es für mich keine Freiheit gäbe.
Es ist ein Reich der Dunkelheit in dem der Tastsinn gefordert wird. Aufspüren, wo muß ich mich zurückziehen und wo ist es möglich mich zu erkennen zu geben.
Ich würde mich gern fallenlassen. Irgendwo ankommen nur nicht da, wo ich jetzt bin.
Bleibt Wunschdenken. Ist so.

„Geh und mach endlich, was man dir sagt!"

Das Du und der Befehlston gehören zu jeder Therapie.

Wer sich daran nicht gewöhnen kann, schafft sich noch mehr Schwierigkeiten.

Denn eines ist doch wohl klar, der Therapeut hat immer Recht.

Ich weiß, daß es nicht so ist, nicht so sein kann.

Und doch wird ein Dagegenstemmen als strafbare Handlung angesehen. Ich werde zum Straftäter, weil ich meine Intelligenz eingesetzt habe und meine Aufseher damit verunsicherte.

Das ging bis zu ihrem Urteil „Die gehört nicht hierher!"

Bleibt die Frage „Wo gehöre ich hin?"

Wo gehört eine Persona non grata hin?

Es gibt keine Antwort und es wird nie eine geben.

Eine halbe Stunde wischte die Patientin bereits mit der flachen Hand über die Holzplatt des Tisches immer wieder innehaltend und kleinste Staubpartikel wahrnehmend.

Man ließ sie gewähren, denn so verhielt sie sich wenigstens ruhig; was umgeschlagen wäre, hätte man ihr diese Tätigkeit entzogen. Angepöbelt wurde sie von einer anderen Patientin, die eigentlich nur neidisch war auf diese geduldete aber doch nutzlose Tätigkeit. Ein Aufschrei übertönte alles.

„Man hat mich bestohlen! Nun helft mir doch mal! Ich brauche Geld zum Telefonieren. Ganz dringend. Nun helft mir doch mal!"

Es ist der Lieblingssatz dieses Patienten „Nun helft mir doch mal!" Immer, wenn er mit irgendetwas nicht klar kommt, sollen andere für ihn da sein.

Er bittet nicht, er verlangt und hat deshalb auch keine Freunde.

„Ich kann nicht schlafen und brauch eine Schlaftablette. Nun helft mir doch mal!"

„Es ist eine halbe Stunde vor dem Wecken. Da wird keine Schlaftablette mehr gebraucht."

„Ich will wenigstens eine halbe Stunde noch schlafen. Nun helft mir doch!"

In der „Geschlossenen" sind hauptsächlich Charaktere, die eine Disziplin des Lebens nie annehmen wollten.

Eine Disziplin, die die Schranken setzt – das Erleben.

Eigentlich alles Nihilisten.

Und da gibt es dann noch diesen Seelenklempner.

Der mit dem Tief-in-die-Augen Blick und dem Recht geben, immer nur Recht geben.

Das löst die Psyche und schafft Vertrauen, auch wenn es nicht immer sachlich ist.

„Wa a s Sie sind geschieden?"

Die Dame läßt als Antwort an ihrem Ehemaligen kein gutes Haar. Und nun beginnt der Klempner mit seiner Arbeit.

„Das haben Sie nicht verdient. Ich meine, ich bin ja selbst ein geschlagener Mensch. Doch Sie sind geistreich, sehen gut aus. Also nein, das haben Sie nicht verdient."

Der Blick bohrt sich noch fester in die verzweifelte Dame und nachdem dann das Du angeboten wurde, ist eine Seelenverwandtschaft entstanden, die zumindest für die Zeit des Klinikaufenthalts anhält.

Manche besiegeln sogar ein neues Leben.

Ich bin immer sehr zurückhaltend, wenn es um Anfreundschaften geht. Lasse sie eigentlich nie zu, denn mein Mißtrauen überwiegt jedes andere Gefühl. Nicht ganz grundlos, wie meine Vita belegt.

Damit bleibe ich im Dunstkreis der Nichtbeachtung. Ich bin ein Nichts. Aber eben aus diesem Dunstkreis meldet sich neuerdings jemand der behauptet, daß es anders wäre.

Aber ich kann ihm noch nicht ganz glauben.

Vielleicht nach einiger Zeit einmal.

Vielleicht.

Auf was warte ich eigentlich noch?

In meinem Alter sollte man noch eine Erwartungshaltung haben.

Habe ich aber nicht.

Wem meine Schilderung bis hierher zu trist erscheinen sollte, dem muß ich dagegen halten, daß die Wahrheit noch schlimmer ist und nur die passenden Worte fehlen, um sie realistisch zu schildern.

Warte ich vielleicht auf Gottes Hilfe?

Wie steht es mit der Religion? Das hat Mephisto schon das Gretchen gefragt. Nun – meine Antwort ist eine andere.

Ich schließe mich da mehr Torquato Tasso an, der da meinte: „Der Glaube ist die Fähigkeit die eigenen Zweifel zu ertragen."

Und ich kann sie nicht ertragen.

Sie sind mir zu groß.

Egal ob gerontopsychiatrisch oder Psychotherapie. Es bleibt die Psychiatrie.

Und da möchte ich schon an dieser Stelle fragen, ob ein Privatpatient einen besseren Körper und eine bessere Seele hat?

Wie wäre es sonst zu erklären, daß seine Unterbringung hotelartig besser erfolgt?

Wie wird die Seele gewogen oder der Körper?

Oder beides?

Kann man für zu leicht oder zu schwer empfunden werden?

Oder geschieht alles nur willkürlich?

Dann allerdings haben doch wir Menschen Schuld, wenn andere Menschen straucheln.

Was machen wir da mit der Mitschuld?

Kleinreden, zerreden, alles von mir weisen?

Geschieht doch genau in dieser Form.

Erlernte Abläufe der Therapie sind nicht individuell. Werden aber nur so angewandt.

Der Mensch hat sich in ein Schema zu fügen – in das erlernte Schema.

In Extremfällen ist eine Anamnese gar nicht möglich.

Also wie soll da ein Schema passen?

Letztendlich ist alles nur eine Versorgung ohne Aussicht auf nur den geringsten Erfolg.

Bestimmte Verhaltensweisen verraten jeden, der einmal in der Psychiatrie gewesen ist.

Schweigsam zuhören, nicht immer Stellung beziehen, die Fähigkeit sich überall hin zu kauern und vor einem Gebrüll nicht zu erschrecken sind nur einige.

Nicht bei jedem anzutreffen aber auch durchaus typisch, das Verziehen der Mundwinkel bei Angriff oder Verteidigung.

Und von allen die gleiche Aussage: „Niemand meint es gut mit mir."

Ein auf sie einreden wird als Ablenkung und Lüge gewertet.

Ich weiß, es wird nie wieder so werden wie es war.

Dafür ist zu viel kaputt gemacht worden.

Äußere Wunden mögen heilen, die inneren nie.

Na gut – in „Die Sonne ist hinter den Wolken" hat die Liebe ein Wunder vollbracht.

Aber auch einem solchen könnte ich nicht mehr trauen.

Nur das zu tun, was man von mir erwartet, statt das zu tun, was meiner Fähigkeit entspricht.

Man erwartet von mir eine Pflicht, keine Kür.

Daran leide ich. Das unterdrückt meine Persönlichkeit.

„Ich möchte gern - ich würde gern - " Abwinken.

Ich kenne Menschen, die werfen dann mit Tellern oder schreien ihren Unmut hinaus.

Ich stehe zwar auch unter Hochspannung, schalte dann aber ein imaginäres Trafohäuschen dazwischen und bleibe äußerlich ruhig.

Aber wer mich kennt, der weiß, daß ich dann schnellere und weitere Schritte mache. Hat die Bedeutung einer gedanklichen Flucht.

Bin wieder nicht angekommen, bin wieder nicht verstanden worden.

Gleich neben dem Hochsicherheitstrakt der Forensischen Psychiatrie meine „Geschlossene".

Raus kommt man von beiden nicht.

Wenn Ware kommt und geöffnet werden muß, sichern einige Männer die Tür.

Wir sollten uns auch nicht dauernd ins Bett legen.

Das würde den Schlaf der Nacht wegnehmen und dann kämen die dummen Gedanken. Dumme Gedanken gibt es eigentlich nicht. Sie sind nur gut oder böse.

„Warum hast du dir nach dem Essen deine Pillen nicht abgeholt?"

„Weil mir gestern gesagt wurde, ich bekäme keine mehr."

„Mittags bekommst du keine mehr. Früh und abends schon. Also – Becher mit Wasser holen und bei mir antanzen!"

Roborterhaft tue ich, was mir aufgetragen wird. Nur so ist größerer Ärger zu vermeiden. Wann komme ich hier raus und wann erfahre ich, was gegen mich läuft?

„Auf der Fünf hat Norbert das Essen an die Wand geworfen!"

Mehrere Therapeuten rennen in Richtung Fünf.

„Ich mag das Essen nicht! Ich will hier raus!"

Der Schrei war über den ganzen Flur zu hören.

Der Unruhestifter wurde ins Bett gedrückt, angeschnallt und die Speisen von der Wand entfernt.

Alles war wieder so, als wäre nichts geschehen.
Störung beseitigt.

Egal wo ich auch heute bin und wo ich mich heute aufhalte, die Zeit der Einweisungen verfolgt mich und ist stets gegenwärtig.
Ich wollte eine Auszeit, habe aber keine bekommen.
Wenn meine Hände durch das Gras streifen, ist es wie eine Liebkosung der Natur. Jeder einzelne Halm – ich kann es hören – versichert mir, mich zu mögen, mich zu lieben.
Sie können nicht wissen, daß sie die einzigen sind. Natur.
Ich las von einem kampflustigen Naturschützer der USA, Edward Abbey. Der sagte: „Die Naturschützer sind alle Heuchler. Denn hätten sie wirklich etwas für die Natur übrig, müßten sie sich alle in den Kopf schießen.

Tun sie es nicht, vergiften sie allein durch ihr Dasein die Natur."

Erschreckend ehrlich scheint mir das.

Die Natur braucht den Menschen nicht, aber wir brauchen die Natur. Wenn wir also die größten Schädlinge auf dieser Erde sind, dann müssen Kompromisse gesucht werden. Daseinsberechtigung für beide.

Man kann mit allen auf dieser Welt Kompromisse schließen, nicht aber mit den Herrschern der „Geschlossenen".

Du bist, egal was du im Leben darstellst, hier der Schütze Arsch. Wage nicht einen anderen rang einzunehmen oder gar zu widersprechen. Du verlängerst damit nur deinen ungeliebten Aufenthalt.

Nirgends sind die Meinungen gegenseitiger.

Man verübelt es mir, daß ich wenig oder gar nicht mit den Patienten – also mit den Mitpatienten – spreche.

Aber wie könnte ich? Sie haben ihre Interessen und ich die meinen.

Worüber also sollte ich mit ihnen reden?

Zwei Begriffe behalten ihre Gültigkeit: Schema und Zwang.

Mein Wille soll gebrochen werden. Und ich setzte alles daran, daß sie es nicht schaffen.

„Du hast das Eßtablett verkehrt in den Wagen geschoben. Wie lange brauchst du eigentlich um das zu begreifen? Willst doch sonst so klug sein."

Eben weil ich klüger bin, sage ich nichts. Aber das gefällt auch nicht.

„Auch noch bockig und stumm? Naja – wirst noch viel lernen müssen hier drin."

Das habe ich tatsächlich, nur anders als gedacht.

Das Lachen war schon lange eine fremde Muskelbewegung für mich und das Weinen fand innerlich statt.

Uneinsichtig für die Therapeuten und das war ihr Ärger.

Ich möchte, daß alles ein Theater wäre und ich nur den Vorhang zuziehen brauchte um wieder allein zu sein.

Da würde ich sogar gern eine Verbeugung machen. Obwohl es hier nichts gibt, was eine Verbeugung rechtfertigen würde.

Bin mir nicht sicher, ob es wirklich ein so böser Gedanke ist einfach Schluß zu machen, der Welt den Rücken zu kehren, weil sich die eingeschlagene Richtung nicht mehr korrigieren läßt.

Oder es müsste eine Art Endhaltestelle geben, von der aus man wieder zurückfahren kann.

Dabei ist die Anzahl der Stationen schwindelerregend und ich hätte Angst, mich wieder für die falsche zu entscheiden.

Am besten ich würde dann gar nicht erst aussteigen, sondern mir alles auf Distanz im Vorbeifahren betrachten.

Alles nur ein Traum.

Schumann hatte seine Träumerei in Töne gefaßt.

Ich versuche es mit Worten.

> Das Leben gab mir
> etwas Übriges
> konnte nicht wissen,
> daß es Besseres gab.
> Wünsche gibt es
> nur in Gedanken
> nicht täglich – aber
> ich tu es dann auch.

Jeder Traum ein vergeblicher Traum.

Jedes Warten ein vergebliches Warten.

Aber auch die einfachste Erwartung
meldet kurz und knapp
das Unerfüllte.

Ich gebe zu, Schumann hat wirklich geträumt. Ich nicht.

Wo zerfließen Traum und Wirklichkeit?

Wir werden einen Traum, so lange wir ihn träumen, für real halten und erst am nächsten Morgen entdecken, daß wir der Realität entflohen waren.

Wem es schlecht geht, der möchte sich eine andere Welt erträumen, so wie man es am Theater tut. So tun als ob. Entfliehen.

Alles hinter sich lassen. Sich ein austauschbares Leben vorstellen. Jemand den man liebt – den man geliebt hat, folgen – ihn einholen.

Ein Ziel, das innigst gewünscht wird, setzt man auch in die Tat um.

Meine Traumhände erfassen meine realen Hände.

Ich überlasse mich ihrer Führung - -

Der jetzige Schnee wird nicht der letzte Schnee sein und die jetzige Sonne auch nicht die letzte Sonne sein.

Alles geht seinen Gang.

Egal ob wir uns auflehnen oder ob wir zufrieden sind.

Ich, das Luder, wollte mich ja nur kurz bemerkbar machen.

Bis hierher bekam ich die Zeilen gereicht.

Ich sollte schauen, ob i c h es bin, der hier behandelt wird.

Mein Ich verfaßt und vorgeführt von einem Schriftsteller, der sich in mich hinein versetzte.

So jedenfalls bestätigte er es mir.

Natürlich bin ich die hier beschriebene Person.

Natürlich bin ich das „Luder".

Gewissermaßen ein Blick in den Spiegel der Worte.

Ich kann mich hier nur mit einem gewissen Abstand betrachten.

Aber ist das wirklich Abstand?

Ich bin beim Lesen jedenfalls wieder mitten drin.

Dieses Steckenbleiben und nicht rausschlüpfen aus meiner Haut. Ich möchte es ja, aber es geht nicht und empfinde es als Gefängnissituation.

Wie weit kann man sich in Ketten noch bewegen?
Kann ja nur jemand beantworten, der auch Ketten trägt oder getragen hat. Es klirrt nicht und schmerzt trotzdem.

Natürlich verwirre ich jetzt alle, denen es besser geht und die glauben, ich hätte doch nur aus meiner familiären Bindung ausbrechen brauchen.

Ich wage da einen Vergleich. Ein Sklave, der aus der Sklaverei entlassen wird, weiß zunächst nicht, was er mit seiner Freiheit anfangen soll.

Verstehen Sie, was ich meine?

Ohne Hilfe gibt es für mich kein Entkommen.

Ich käme nur in einen bedeutungslosen Schwebezustand.

Gut – man hat einen Teil meines Lebens in Worte gefaßt und ich bin nun die Person, die am meisten bewegt ist.

Denn dadurch durchlebe ich diesen Teil meines Lebens noch einmal. Nicht sehr schön aber notwendig, wenn andere verstehen sollen.

Sie sollen verstehen, daß Psychiatrie das leben verändert oder auch zunichte machen kann. Bei mir war es letzteres.

Und in die Psychiatrie kommen bei weitem nicht nur solche Patienten, die es verdient haben.

Es soll ein Brief, wahrscheinlich ein langer Brief, werden.

Als Abgleich gewissermaßen zu dem vom Schriftsteller erstellten Text und irgendwie auch zu meiner eigenen Beruhigung.

Wenn man hier überhaupt von einer Beruhigung wird reden können.

Schließlich kommt meine Geschichte aus der Dunkelheit und ist auch über Jahrzehnte in dieser geblieben.

Meine Kindheit bestand aus einer räumlichen Enge.

Kleine Zimmer, wenig Freiraum.

Natürlich bekam ich sehr früh schon mit, daß der Vater trank, die Mutter darüber die Augen verschloß und ich nach meinem Zahnunfall zum Leiden verurteilt war.

Muß ich mir Gedanken machen, woher mein Ehrgeiz kam, der ja immerhin zu guten Noten in der Schule führte, wurde vom Vater aber stets kritisiert, wenn diese nur gut waren.

Ein umher geworfenes Kind, so empfand ich es wenigstens später im Rückblick, vielleicht auch nur eine typische Zeiterscheinung dieser Nachkriegsjahre.

Dann wäre eben das Pech ein doppelter Begleiter für mich von Beginn an und es wäre mir gar nicht möglich gewesen einen anderen Weg einzuschlagen.

Tröstet mich natürlich nicht, denn was soll ich dabei gut finden, wenn es doch viele andere besser hatten.

Strebsam war ich. Mit Strebsamkeit wollte ich all das wieder gut machen, was andere an mir verdorben haben, die es als Sport betrieben mir Knüppel in den Weg zu legen.

Es ist ja nicht die Frage, wo und wann ich hätte aussteigen sollen, sondern wann und wo ich hätte aussteigen k ö n n e n.

Denn es ist ja immerhin die Geschichte eines armen „Hascherls", das nicht auswählen konnte sondern einfach zugriff, als ein Ja verlangt wurde. Alle Zeichen sprachen dagegen und ich kann nicht einmal sagen, warum ich es trotzdem tat.

Da gibt es doch dieses Sprichwort „vom Regen in die Traufe".

Ich nehme es hier voll für mich in Anspruch, denn was ich vorher erstreben mußte, galt es jetzt zu erarbeiten.

Meine Hände sprechen davon eine Sprache, die Finger lang, schlank und sehnig könnten die einer Pianistin sein, wären da nicht die brüchigen Nägel und die schwieligen Stellen von Hornhaut, die ich oft in Gesellschaft zu verstecken versuche.

Es klingt etwas kommunistisch, wenn man sich darauf beschränkt, daß Arbeit adelt, dabei habe ich es doch nur meinem Partner, auch ein Ausdruck für Ehemann, recht machen wollen.

Das Objekt war ein herunter gekommenes Bauernhaus in sehr ländlicher Gegend, an dem man nach Wochen langer Arbeit glaubte überhaupt noch nicht vorangekommen zu sein, weil nach vielem Rohbau an

Schönheitsreparaturen noch lange nicht zu denken gewesen war.

Nach dem Gebell der Hunde zu urteilen, waren wir ein Fremdkörper in dieser Gegend und sie bellten nach Wochen noch genau so kräftig.

Wir waren ein Fremdkörper und blieben es auch.

Ahnen konnte ich es damals noch nicht, daß es als Probe eingestuft wurde, als Probe für spätere Aktivitäten, die nicht lange auf sich warten ließen.

Kleine Kinder, und so kam ich mir bald vor, reißen mit ihren Baukasten frisch gebaute Häuser ein, um gleich wieder neu zu bauen.

Wir haben zwar die mühevolle Arbeit nicht eingerissen, uns aber ab- und Neuem zugewandt.

Bei einem solchen Prozeß spielen ja nicht nur die Muskeln eine Rolle sondern auch die Nerven, die sich bei aller Vergeblichkeit aufbäumen und den Körper durchschütteln.

Bis hierher und nicht weiter.

Aber es ging weiter und das brachte mich zu einem Zusammenbruch und von dem in die Psychiatrie.

Schon der Name, der Begriff, löst bei mir jetzt noch Schweißperlen aus.

Dabei hätte es mein Mann verhindern können, aber er spielte Salzsäule und rührte sich nicht.

Hinter dieser Unentschlossenheit steckte aber ein Entschluß, wurde jedenfalls als ein Ja gewertet und ich verschwand in ein Umfeld, das ich bis heute als meine schlimmste Erfahrung werte.

Der abscheulichste Albtraum ist oder kann nur eine märchenhafte Liegewiese dagegen sein.

Den Menschen vorher gibt es nicht mehr, auch nicht für wenige Minuten, er wurde ausgetauscht und hat Schwierigkeiten sich selbst zu finden.

Ein wenig hat ja der Schriftsteller im ersten Teil hineingeleuchtet in diese Szene, die schlimmsten Fälle aber doch weggelassen um den Leser nicht zu verstören, ihn vielleicht aufzubringen gegen die Psychiatrie, die ja ihre Arbeit tut, die sie tun muß – auch bei Fehlbelegungen, die erst nach Wochen als solche erkannt werden.

Ein schwieriges Gebiet, wenn der Mensch vom Menschen abfällt und vom übrig gebliebenen noch etwas gebraucht werden soll.

Die erwähnte Hausdurchsuchung brachte dann das Faß zum Überlaufen, besiegelte mein Niedergedrücktsein und machte mich zu der Frau, die an Verfolgungswahn leidet, weil ich immer nur die gleichen Gesichter sah, die mich verfolgten und beobachteten und sich keine Mühe gaben auszutauschen.

Nicht einmal diese Mühe war ich ihnen wert gewesen.

Viele Dinge können zur Gewohnheit werden aber gewiß nicht die Tatsache, ein ständiges Objekt der Neugier zu sein, einer wachsenden Neugier zu sein.

Ich kam mir oft wie ein Staatsfeind vor, der auf den Zugriff wartet fast enttäuscht, daß er nicht erfolgte.

Immerhin hätte dann vieles ein Ende gehabt wie die Verfolgung, die Beobachtung und auch die Tuschelei.

Wollte eigentlich immer nur jemanden haben, der auf meiner Seite steht, der zu mir hält und nicht an mir zweifelt.

Mit der Vergeblichkeit beginnen die Zweifel an mir selbst.

Was, wenn alle meine Gegner, ich finde kein passenderes Wort, was also wenn alle meine Gegner doch Recht haben und ich nur nicht mehr objektiv genug bin, sein kann?

Dann müßte ich doch fragen: Wer hat mich dazu gemacht, daß ich Fehlurteile abgebe, nicht mehr klar denken kann?

Durch welche Seelenfolter hat man mich geschleust – unfreiwillig und auch freiwillig?

Bin ich dann das Produkt äußerer Umstände oder bin ich intensiver Überredung unterlegen?

Alles in mir stemmt sich gegen eine solche Aussage, die ja doch die Vernichtung meiner Persönlichkeit nach sich ziehen würde.

Ja doch. Ich wage von mir von einer Persönlichkeit zu sprechen, allen Widerständen zum Trotz tu ich das, denn immerhin fühle ich mich klüger als alle meine Widersacher.

Himmel! Was für ein aufgeblasenes Volk richtet über mich, was für ein dummes Volk, gegen das ich Lust hätte den Spieß umzudrehen, nur stehen mir nicht die gleichen Waffen zur Verfügung, wenn auch die, die eingesetzt werden, sehr mittelalterlich erscheinen wie zum Beispiel falsch Zeugnis reden oder die Daumenschrauben der Psychiatrie.

Ich möchte es hinter mir haben, alles, alles, alles.

Um mich richtig zu verstehen, ich meine damit keinen Abschied von der Welt, eher ein Umsiedeln, ein Loslassen der alten Welt, einen Neuanfang.

Dazu wünsche ich mir das Fell einer Katze, die einfach alles abschütteln kann.

99

Wenn sich die Abendsonne dem Horizont
nähert,
kündigt sich ein Abschied an.
Erlebtes wird Vergangenheit.
Nur die Leiden, die man erfahren
gehen durch alle Zeiten.

Der Schriftsteller hat während der Arbeit an diesem Manuskript einen Selbstmordversuch unternommen und ist daraufhin in die geschlossene Psychiatrie eingewiesen worden.
Er weiß also worüber er schreibt.

GÜNTER BAUM, Schriftsteller und Dramatiker, stammt aus der Niederschlesischen Oberlausitz und ist Mitglied im Verband deutscher Schriftsteller (VS) in verdi.

102

Wenn die Seele geschunden wurde,
spürt sie das Streicheln nicht mehr,
auch gute Worte müssen verhallen,
denn eigentlich – eigentlich
lebt sie nicht mehr.